AF335806

VENTE

HOTEL DROUOT, SALLE N° 11

les Mardi 22 et Mercredi 23 Octobre 1901

A 2 HEURES 1/4

JOLI MOBILIER

ANCIEN & DE STYLE

OBJETS D'ART

SCULPTURES, TABLEAUX, DESSINS, GRAVURES

BIJOUX

OBJETS DE VITRINE

M⁰ F. LAIR DUBREUIL	M. Arthur BLOCHE
COMMISSAIRE-PRISEUR	EXPERT
Successeur de M⁰ DUCHESNE	PRÈS LA COUR D'APPEL
6, *Rue de Hanovre*	28, *Rue de Châteaudun*

EXPOSITION PUBLIQUE

Le Lundi 21 Octobre 1901

DE 2 A 6 HEURES

CATALOGUE

D'UN

JOLI MOBILIER

ANCIEN & DE STYLE

OBJETS D'ART

SCULPTURES, TABLEAUX, DESSINS, GRAVURES

BIJOUX

OBJETS DE VITRINE

EUROPÉENS ET DE L'EXTRÊME-ORIENT

DONT LA VENTE AURA LIEU

HOTEL DROUOT SALLE Nº 11

Les Mardi 22 et Mercredi 23 Octobre 1901

A 2 HEURES 1/4

<hr>

Mᵉ F. LAIR DUBREUIL	M. Arthur BLOCHE
COMMISSAIRE-PRISEUR	EXPERT
Successeur de Mᵉ Duchesne	PRÈS LA COUR D'APPEL
6, Rue de Hanovre	*28, Rue de Châteaudun*

Chez lesquels on trouve le présent Catalogue

<hr>

EXPOSITION PUBLIQUE

LE LUNDI 21 OCTOBRE 1901

DE 2 A 6 HEURES

CONDITIONS DE LA VENTE

La vente sera faite *expressément* au comptant.

Les acquéreurs payeront *dix pour cent* en sus des adjudications.

L'exposition mettant le public à même de se rendre compte de l'état des objets, il ne sera admis aucune réclamation une fois l'adjudication prononcée.

Paris, Imprimerie Ménard et Chaufour, 8-10, rue Milton.

Désignation

MEUBLES

1 — Meuble de salon en bois noir couvert en velours rouge de Gênes, composé de sept pièces. Style Louis XIV.

2 — Ameublement de salon style XVIIIe siècle en bois sculpté et doré couvert en soierie brochée, composé d'un canapé, deux fauteuils et deux chaises.

3 — Deux petites banquettes en bois sculpté et doré couvertes en soie brochée. Style Louis XVI.

4 — Deux petits fauteuils en bois doré, dossiers surbaissés à balustrade, couverts en soie brochée.

5 — Tabouret forme Louis XV en bois sculpté et doré, couverture soie brochée à fleurs.

6 — Joli paravent à trois feuilles en bois sculpté et doré garni de soierie brochée, le haut avec petites glaces biseautées.

7 — Petite table ronde en acajou avec bronzes. Style Louis XV.

8 — Deux fauteuils à dossiers forme lyres. Style Louis XVI.

9 — Deux petits fauteuils bois laqué clair.

10 — Belle commode Louis XV en marqueterie de bois de luxe à fleurs, encadrements et ornements en bronze, dessus en marbre.

11 — Beau meuble à hauteur d'appui en acajou et marqueterie de bois à étagères sur les côtés, orné de bronzes ciselés et dorés à guirlandes de fleurs et nœuds de rubans style Louis XVI dessus en marbre brèche violette.

12 — Meuble d'entre-deux en acajou ouvrant
à un vantail décoré de moulures et d'ornements à guirlandes de fleurs et trophées
en bronze ciselé et doré, dessus en marbre fleur de pêcher. Style Louis XVI.

13 — Table à quatre faces en acajou ornée
de bronzes ciselés et dorés, bandeau à
guirlandes de fleurs et médaillon en
Wedgwood, dessus en marbre agate. Style
Louis XVI.

14 — Bergère en bois sculpté, style Louis
XVI garnie en velours vert ciselé à fleurs.

15 — Fauteuil en bois sculpté de même
style garni en tapisserie d'Aubusson à sujet
galant et fable de La Fontaine.

16 — Armoire à un vantail en bois sculpté.

17 — Guéridon en bronze, plateau en porcelaine décorée, représentant Vénus chez
Vulcain.

18 — Applique en bronze à figure de femme
casquée.

19 — Très belle étagère Louis XVI en bois
d'acajou, les côtés légèrement arrondis,
montants à colonnettes plates cannelées
surmontées de têtes de béliers, le bandeau
à arabesques feuillagées, et l'entourage à
thyrses de lauriers, le bas à deux étagères
à fond de glace, le dessus en marbre, le
fronton à deux étagères, est supporté par
deux figurines d'amours en bronze doré,
le haut orné de carquois au milieu de cou-
ronnes et de guirlandes de fleurs.

20 — Table de salon de style Louis XVI en
acajou posant sur quatre pieds, décor
de chûtes en guirlandes, le bandeau orné
de draperies et de bas-reliefs à jeux
d'amours en bronze doré, dessus en marbre brèche.

21 — Commode Louis XV s'ouvrant à deux
portes avec encadrement et chûtes en
bronze ciselé et doré, dessus en marbre.

22 — Vitrine Louis XVI en bois sculpté et
doré montants à colonnettes cannelées
surmontées de panaches, entourage à

raies de cœur, fronton surmonté d'un
bouquet de fleurs.

23-24 — Deux commodes demi-lune en bois
rose et palissandre, ornées de bronzes,
ciselés et dorés, dessus en marbre avec
galerie ajourée.

25 — Bureau Louis XV à cylindre en bois
de luxe et marqueterie, orné de bronzes
dessus en marbre avec galerie ajourée.

26 — Jolie petite table poudreuse Louis XV
en bois de luxe et marqueterie.

27 — Commode Louis XVI en bois de luxe
et marqueterie, ornée de bronzes ciselés
et dorés, dessus en marbre.

28 — Petite commode Louis XV s'ouvrant
à deux portes en bois de luxe et bronzes
dorés, dessus en marbre.

29 — Glace trumeau Louis XVI en bois
sculpté et doré posant sur deux consoles.

30-31 — Deux petites encoignures Louis XVI

en bois de luxe et marqueterie, ornées de bronzes, dessus en marbre blanc veiné.

32 — Table de salon en palissandre et marqueterie d'ivoire et de nacre garnie de bronzes dorés.

33 — Deux fauteuils crapauds couverts en étoffe capitonnée.

34 — Bahut en bois sculpté. Style gothique.

35 — Fauteuil gothique en bois sculpté.

36 — Banquette gothique en bois sculpté.

37 — Ameublement de salle à manger en bois sculpté composé d'un buffet, d'une table à trois rallonges assorties et d'une desserte. Style gothique.

38 — Table en bois noir à filets de cuivre et garnie de bronzes. Style Louis XV.

39 — Petite table chiffonnière en marqueterie ouvrant à trois tiroirs. Epoque Louis XVI.

40 — Piano droit de BLONDEL en palissandre sculpté et ciré,

41 — Belle chambre à coucher en poirier noirci et sculpté de style Louis XVI composé d'un lit de milieu, d'une armoire à glaces à trois portes et d'une table de nuit.

42 — Deux petits fauteuils et une chaise longue recouverts en étoffe fond bleu dessin vert.

43 — Décor de lit et de deux fenêtres en étoffe analogue.

44 — Salle à manger en chêne sculpté de style Henri II, composée d'un buffet, d'une table et de huit chaises.

45 — Divan et deux fauteuils recouverts de drap vert.

46 — Quatre chaises légères recouvertes en tapisserie à la main.

47 — Tabouret de piano recouvert en drap vert.

48 — Toilette en pitchpin, dessus de marbre blanc.

49 à 55 — Meubles courants : casier à musique, liseuse, toilette, tabouret de piano, horloges, coussins, tentures.

OBJETS D'ART

SCULPTURES

56 — Buste de femme en marbre, style Louis XV.

57 — Buste de Rowlandson en marbre, d'après CAFFIERI.

58 — Buste de femme XVIIIe siècle en marbre blanc.

59 — Buste en marbre : la Dubarry.

60 - Statuette en terre cuite : la Coquette, de FALGUIÈRES, (maquette originale).

61 — Buste en marbre : dame de la cour Louis XVI, parée d'un collier de perles.

62 — Petite pendule en bronze. Epoque
Louis XV.

63 — Pendule en bronze doré. Epoque
Louis XVI.

64 — Jardinière sur pied en céramique.

65 — Pendule en marbre noir et bronze.

66 — Groupe en bronze : Mère et enfant.

67 — Lustre en bronze doré et cristaux.

68 — Statuette en bronze du Japon : la
déesse des Vents.

69 — Paon en ancien bronze cloisonné du
Japon.

70 — Petite figurine en bronze du Japon:
Seigneur Daïmico, socle en bois laqué.

71 — Théière en ancien bronze cloisonné
du Japon.

72 — Vase en bronze ciselé, socle en marbre

73 — Deux flambeaux en bronze argenté
formés par des figurines de singes.

74 — Paire de chenêts en bronze poli.

75 — Couteau de chasse avec son fourreau
garni d'argent. XVIIe siècle.

76 — Jardinière en porcelaine de Chine,
décor à personnages.

77 — Paire de vases en porcelaine de Chine,
décor en émaux de couleur aux guerriers.

78 — Brûle-parfums en porcelaine de Chine,
couvercle surmonté d'une chimère.

79 — Deux vases en porcelaine de Chine,
décor aux dragons.

80 — Garniture de cinq pièces, deux cornets et trois potiches en porcelaine de
Chine.

81 — Paire de vases en bronze du Japon,
décor en relief.

82 — Brûle-parfums en bronze du Japon,
couvercle ajouré surmonté d'une chimère.

83 — Deux vases en porcelaine du Japon,
décor en bleu et polychrome.

84 — Paire de potiches en porcelaine de
Chine.

85 — Jardinière en bronze du Japon, décor
en relief.

86 — Buste en bronze doré de Marie-Antoi-
nette, socle en marbre.

87 — Sucrier en porcelaine de Locré à fleurs.

88 — Deux bouquetières en faïence de Delft,
décorées de marines.

89 — Paire de brûle-parfums en bronze du
Japon.

90 — Boîte carrée en écaille, couvercle orné
d'une petite gouache.

91 — Petite pendule en bronze doré de style
Renaissance.

92 — Garniture de trois jardinières,en cristal taillé, montées en bronze argenté. Style Louis XV.

93 — Potiche en faïence de Delft à décor bleu.

94 — Vase en porcelaine décorée.

95 — Paire de grands vases en porcelaine bleu-turquoise décorée.

96 — Paire de vases en faïence decorée, montés en lampes.

97 — Plat en terre cuite, décor en relief.

98 — Deux bouteilles en faïence de Delft.

99 — Paire de vases en porcelaine gros bleu et bandes décorées à figures d'amours.

100 — Tête-à-tête en porcelaine à décor japonais.

101 — Treize pièces, vases, statuettes, flacon, panier, cornets en porcelaine et faïence.

102 — Deux potiches en faïence de Delft à décor bleu.

103 — Coupe jardinière en faïence décorée.

104 — Vingt-six plats et assiettes en porcelaine et faïence décorées.

105 — Vase en céramique gros bleu.

106 — Vase à côtes en faïence émaillée.

107 — Casque indien ancien en fer.

108 — Bouilloire sur pied en tôle laquée.

109 — Lanterne juive en cuivre repoussé.

110 — Paire d'appliques, époque Louis XVI, en bois sculpté peint blanc et doré.

111 — Poignard avec manche en ivoire sculpté.

112 — Service de table de douze couverts en porcelaine de Limoges.

113 — Service à dessert assorti.

114 — Plat à hors-d'œuvre en porcelaine.

115 — Service à asperges en céramique.

BIJOUX

OBJETS DE VITRINE

116 — Sautoir en or orné de douze perles fines.

117 — Broche en or forme trèfle enrichi de turquoises et de brillants.

118 — Epingle ornée d'une émeraude.

119 — Trois boutons de chemise en or et brillants.

120 — Paire de boucles d'oreilles enrichies de brillants.

121 — Collier en argent avec pendeloque formée d'une grande rose ancienne de Hollande.

122 — Montre avec agrafe en or pavées de diamants et rubis.

123 — Broche ancienne en argent et diamants.

124 — Paire de boucles d'oreilles perles et
brillants.

125 — Deux pendants d'oreille en corail et
diamants.

126 — Médaillon en onyx avec étoile en
diamants.

127 — Figurine en ivoire du Japon : Homme
à la grenouille.

128 — Petit baril à liqueurs en cristal, garniture en argent.

129 — Vase en verre bleui, monture Louis XVI
en bronze.

130 — Tasse en ancienne porcelaine, pâte
tendre de Sèvres.

131 — Hibou en porcelaine de Saxe.

132 — Coupe en ancienne porcelaine à la
Reine.

133 — Miniature ancienne sur écaille :
Louis XIV enfant, cadre en argent.

134 — Deux assiettes en ancienne porcelaine
de Chantilly, décor en bleu.

135 — Boîte à coulisses porte-pierres pré-
cieuses du xve siècle.

136 — Petite coupe en porcelaine de l'Inde.

137 — Boîte renfermant six boudhas en
ivoire. Travail ancien du Japon.

138 — Groupe en ivoire : Personnage chinois
tenant une hache.

139 — Statuette en ivoire du Japon : Archer.

140 — Petit groupe en ivoire du Japon orné
d'inscrustations de nacre et de burgau :
L'Homme aux grenouiiles. Signé

141 — Pitong avec couvercle en ivoire
sculpté, décor en relief aux guerriers

142 à 144 — Quinze pommes de cannes en
ivoire sculpté du Japon à groupes de
têtes.

145-146 — Onze cannes en bambou sculpté.

147-148 — Vingt et un éventails en os.

149 — Livre: Coran du Dahomey.

150 à 152 — Trente-deux garde-sabres en fer, acier et bronze du Japon.

153 — Huit manches de couteaux en métal japonais.

154 — Six petits plateaux en cuivre et argent cloisonnés.

155 — Six vases en cuivre et émail cloisonnés.

156 — Poignard japonais en ivoire incrusté de nacre, dessin fleurs et volatiles,

157 — Poignard japonais forme éventail en corne de rhinocéros.

158 — Deux petits pistolets anciens du Japon, canons incrustés d'or et d'argent.

159 — Petit vase en pierre de lard sculpté, socle en bois.

160 — Bracelet en bronze ciselé provenant de Behanzin.

161 — Deux coupe-papiers en bois sculpté, gravé et peint.

162 — Quatre coulants en bois de santal sculpté.

163 — Treize coulants en émail cloisonné du Japon.

164 — Deux petits vases en ivoire sculpté à personnages.

165 — Deux amulettes en bois sculpté et petite boite à opium en corne.

166 — Jeu japonais avec sa règle.

167 — Quatre cadenas chinois.

168 — Bol en porcelaine de Chine, décor en bleu.

169 — Quarante colliers de corail.

170 — Flacon forme fruit en cristal de roche sculpté. Travail japonais.

171 — Coupe forme fruit en pâte de verre. Travail japonais.

172 — Bonbonnière en bois sculpté Louis XIII.

173 — Deux pièces japonaises : Netzuké bois incrusté et boîte plate en ivoire laqué.

174 — Boîte à gants en bois de Santal sculpté et doré.

175 — Statuette en bois doré « La Nuit » par Dorval, socle en marbre.

176 — Statuette de petit patissier en bonze argenté.

177 — Encrier forme fruit en bronze, surmonté d'une statuette d'enfant en bronze doré.

178 — Chien danois et sanglier en bronze.

179 — Panier en bronze, anse à fleurs et oiseaux.

180 — Gobelet en ivoire sculpté en relief, travail chinois.

181 — Groupe en ivoire : Bison et son petit.

182 — Poussah en pierre de lard.

183 — Brûle-parfums tripode en émail chinois.

184 — Groupe en porcelaine de Saxe : enfant jouant avec un chien.

185 — Petit groupe en Saxe : Enfant pêcheur.

185 *bis*. — Buste de femme Louis XV en marbre blanc.

186 — Petite bonbonnière ovale en argent ciselé.

187 — Bouteille en verre opaque garnie en argent.

188 — Petit miroir, monture en bronze japonais.

189 — Petite buire avec plateau en émail de style Renaissance, monture en argent.

190 — Corne en argent émaillé posant sur une chimère. Style Renaissance.

191 — Petite coupe ovale en argent émaillé.

192 — Corbeille forme Louis XV en argent repoussé.

193 — Deux petites jardinières carrées en argent, décor en relief d'amours, écussons et fleurs.

194 — Petite jardinière sur quatre pieds en argent repoussé.

195 — Boîte cylindrique en argent repoussé, décor à bustes de personnages.

196 — Flacon à thé en argent repoussé.

197 — Vase à anse sur piédouche, décor en relief.

198 — Deux boîtes en argent forme Louis XV, décor à personnages et animaux.

199 — Châtelaine en argent ajouré, médaillon à figure d'amour.

200 — Petit flacon en argent.

201 — Petit miroir ovale en argent repoussé.

202 — Petite boîte à poudre en argent.

203 — Paire de ciseaux en argent. Style
Louis XV.

204 — Petit étui en argent.

205 — Petit peigne en argent et écaille.

206 — Petite pantoufle en argent.

207 — Petit carosse miniature en filigrane
d'argent.

TABLEAUX

DESSINS, AQUARELLES

BARIC

208 — *Paysanneries.*
Deux sanguines.

BARON

209 — *Jeunes femmes sous bois.*

BOUTET

210 — *Sous la pluie* et *Tête de femme.*
Deux eaux-fortes.

CALS

211 — *La Vieille mendiante.*
Signé à droite.

COLLIN (P.)

212 — *Paysage.*
Pastel.

COTTET (Charles)

213 — *Au Pays de la mer.*
Croquis.

COURBET

214 — *Marine.*
Signé à gauche,

DELACROIX

215 — *La Captive.*
Porte le cachet de sa vente.

DESCHAMPS (D'après Louis)

216 — *Tête de jeune garçon*.

DETAILLE (Ed.)

217 — *Cuirassiers chargeant*.
Croquis. Mine de plomb.

DIAZ

218 — *Nymphe sous bois*.
Signé à gauche.

DIAZ (D'après)

219 — *Paysage : La Mare*.

ÉCOLE ESPAGNOLE

220 — *L'Enfant Jésus*.
Cadre bois sculpté.

ÉCOLE FRANÇAISE

221 — *Portrait de jeune seigneur en armure*.

222 — *Sujet mythologique*.
Beau dessin à la sépia.

ÉCOLE MODERNE

223 — *Paysage*.

224 — *La Naissance de Vénus.*

225 — *Fruits.*
Deux pendants.

226 — *Etude d'arbres.*
Dessin.

FALGUIÈRES

227 — *Trois études.*

228 — *Portrait de femme.*

229 — *Suite de dix dessins.*

GONYN (Adèle)

230 — *Portrait de femme.*

GONYN (Louis)

230 *bis* — *Nature morte.*

FRANÇAIS

231 — *Cinq paysages.*
Dessins.

GREUZE (Ecole de)

232 — *Jeune fille aux raisins.*

HENRY (V.)

233 — *Paysage.*
    Aquarelle.

ISRAELS (JOSEF)

234 — *Au Bord de la mer.*
    Signé.

JANCE

235 — *Nature morte : Gibiers.*

LEBRUN

236 — *Gil Blas.*

NEETERSONNE

237 — *Béguinage à Bruges.*
    Signé.

PILLE (HENRI)

238 — *Hussard au cabaret.*
    Signé à droite, en haut.

PILS

239 — *La Cuisine au camp.*
    Aquarelle gouachée.

240 — *Etude de cuirassiers.*
    Encre de Chine.

RIBARZ

241 — *Le Moulin.*

RIGAUD (Ecole de)

242 — *Portrait de seigneur en armure.*
Toile ovale.

243 — *Portrait du jeune duc de Turenne.*
Toile ovale.

ROBERT (M.)

244 — *Spadassins.*
Pastels. Deux pendants.

— *Portrait de l'Abbé Litz.*
Pastel.

TROYON (C.)

245 — *Vaches à l'abreuvoir.*
Signé.

VALADON (J.)

246 — *Portrait de Barbey d'Aurevilly.*
Dessin.

VISCHER (D'APRÈS BOINS)

247 — *Le Musicien de village.*
Gravure.

VOGLER

248 — *Effet d'hiver.*
Paysage.

VOLLON (A.

249 — *Casque et épée.*
Signé.

250 — *Vase avec fleurs.*
Signé.

WERTHEIMER

251 — *Cours d'eau sous bois.*
Deux pendants.

252 — Gravure encadrée : *Napoléon I*er.

253 — Trente dessins anciens en carton.

254-255 — Dix dessins anciens encadrés.

256 — Suite de quinze gravures avant la lettre,
de Tony Johannot. Encadrées.

TENTURES, TAPIS

257 — Quatre panneaux en soie brodée.

258 — Tapis anciens d'Orient fond rouge, dessin polychrome.

259 — Beau tapis d'Aubusson, décor à fleurs.

260 — Grande carpette fond rouge. dessin polychrome.

261 — Décor de croisée en drap vert.

262 — Décor de croisée en étoffe algérienne fond crème.

263 — Objets omis.

RED. :

16

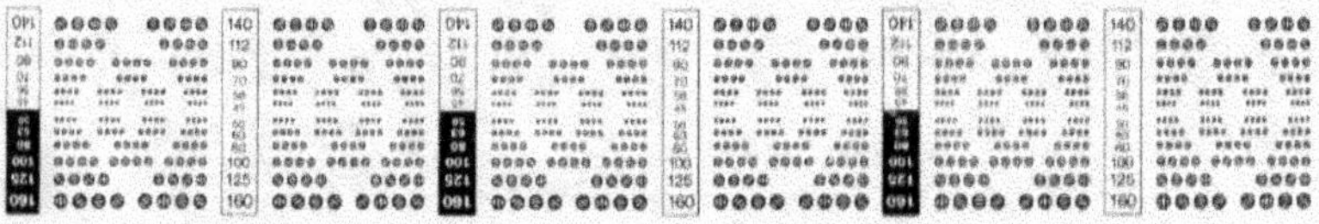

MIRE ISO N° 1

NF Z 43-007

AFNOR

Cedex 7 - 92080 PARIS LA DÉFENSE

graphicom

0 1 2 3 4 5 6 7 8 9 10

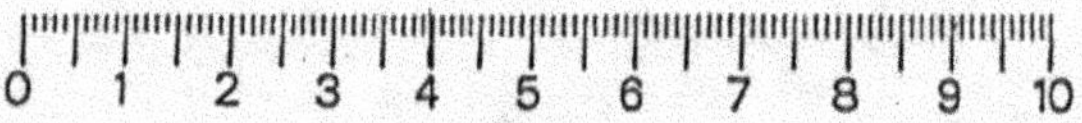